CARRÈRE WEISSENGEL DOLLPHANE

Les Elfées

2

DARGAUD

PARIS • BARCELONE • BRUXELLES • LAUSANNE • LONDRES • MONTREAL • NEW YORK • STUTTGART www.dargaud.com

PREMIÈRE ÉDITION

Dépôt légal : février 2009 • ISBN 978-2205-06245-8
Printed in France by PPO Graphic, 91120 Palaiseau

ÇA NE VA PLUS DU TOUT, LES GARÇONS !
LES VENTES DES PINK GARBAGE SONT DÉSASTREUSES !
ET JE VOUS RAPPELLE QUE LES PINK GARBAGE, C'EST VOUS !!
ET TOI, METS UNE SOURDINE À TA GUITARE, QUAND JE CAUSE !
JE CROIS QU'IL EST PLUS QUE TEMPS DE VOUS RESSAISIR !
OUI, COACH !
IL FAUT À TOUT PRIX INVERSER LA TENDANCE ! COMPOSEZ-MOI DES TRUCS QUI SE VENDENT !
MAIS HEUREUSEMENT QUE JE SUIS LÀ, AVEC MON GÉNIE !
REGARDEZ CE QUE JE VOUS AI CONCOCTÉ !
VOICI ...
GARBAGELAND tm
WOOOSH !
WOUAHWOUAHOUU !!!
GARBAGELAND tm
PINK GARBAGE
PINK GARBAGE

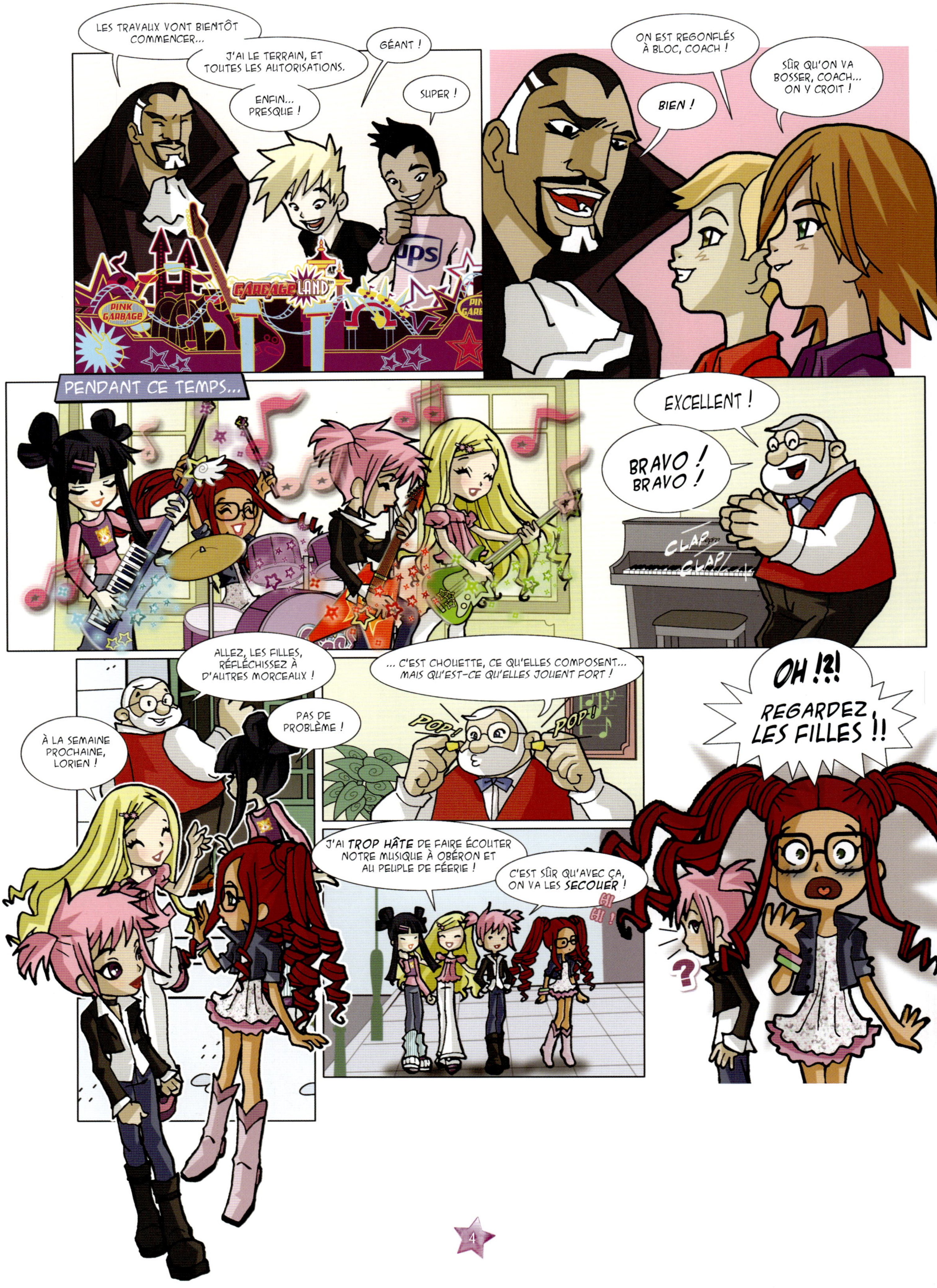
LES TRAVAUX VONT BIENTÔT COMMENCER...
J'AI LE TERRAIN, ET TOUTES LES AUTORISATIONS.
ENFIN... PRESQUE !
GÉANT !
SUPER !
GARAGE LAND
PINK GARBAGE
ON EST REGONFLÉS À BLOC, COACH !
BIEN !
SÛR QU'ON VA BOSSER, COACH... ON Y CROIT !
PENDANT CE TEMPS...
EXCELLENT !
BRAVO ! BRAVO !
CLAP CLAP
ALLEZ, LES FILLES, RÉFLÉCHISSEZ À D'AUTRES MORCEAUX !
À LA SEMAINE PROCHAINE, LORIEN !
PAS DE PROBLÈME !
... C'EST CHOUETTE, CE QU'ELLES COMPOSENT... MAIS QU'EST-CE QU'ELLES JOUENT FORT !
POP ! POP !
J'AI TROP HÂTE DE FAIRE ÉCOUTER NOTRE MUSIQUE À OBÉRON ET AU PEUPLE DE FÉERIE !
C'EST SÛR QU'AVEC ÇA, ON VA LES SECOUER !
HI HI !
OH !?!
REGARDEZ LES FILLES !!
?

Bientôt ICI !!
GARBAGE LAND tm
MAIS... C'EST PAS POSSIBLE !
PAS ÇA ! PAS ICI !!
BAH ! ÇA PEUT CRÉER DE L'EMPLOI !
OH ! JE SENS QUE ÇA VA CAUSER DES SOUCIS, CE MACHIN !
J'LE CROIS PAS !
OUAAAAH !
MAIS... QUE VA DEVENIR LE PEUPLE FÉERIQUE ?
C'EST JUSTE SUR LEUR TERRAIN !
ON NOUS AVAIT QUAND MÊME PROMIS UN JARDIN PUBLIC !
"GARBAGE LAND", C'EST N'IMPORTE QUOI, ÇA !
HMMM ...
!
VOUS AVEZ ENTENDU, LES FILLES ?
IL FAUT FAIRE QUELQUE CHOSE !
UN PARC D'ATTRACTIONS, C'EST PAS UN JARDIN PUBLIC ! C'EST PLUS BRUYANT !
VOUS IMAGINEZ NOTRE QUARTIER, AVEC TOUT CE BAZAR ?
J'AI UNE IDÉE ! ...
OUI, MAIS QUOI ?
OUI, SUPER !
ON DEVRAIT PRÉVENIR OBÉRON TOUT DE SUITE !
EH BIEN, ALLONS-Y !

IL N'Y A PERSONNE, C'EST LE MOMENT !
CHANTIER INTERDIT AU PUBLIC
GO, GO, GO !
HO ! VOILÀ LES ELFÉES !
HÉ ! SALUT LES FILLES !
BONJOUR BÖCKLIN !
BONJOUR LOU !
IL FAUT QU'ON VOIE OBÉRON, C'EST URGENT !
EH BIEN... QUE SE PASSE-T-IL ? JE SUIS LÀ !
QUELQUES EXPLICATIONS PLUS TARD...
... C'ÉTAIT DONC ÇA, TOUT CE REMUE-MÉNAGE !?
HEU... C'EST QUOI, UN "PARC D'ATTRACTIONS" ?
DES SOUCIS EN PERSPECTIVE !
NOTRE REFUGE EST MENACÉ ? IL VA NOUS FALLOIR PARTIR À NOUVEAU ?
MAIS QUI PARLE DE FUIR ?
ON VA RÉSISTER !
CERTAINS HABITANTS VEULENT LE JARDIN PUBLIC PROMIS PAR LA MAIRIE !
ON VA LES AIDER À L'OBTENIR !
BRAVO LES FILLES ! ET NOUS, ON VA AGIR DE L'INTÉRIEUR !

LE LENDEMAIN ...
AVEC TOUTES CES SIGNATURES, ON VA FAIRE RECULER LE PROJET !
MONSIEUR, VOICI UNE PÉTITION, SIGNÉE PAR PLUS DE 150 HABITANTS DU QUARTIER, POUR S'OPPOSER À VOTRE CHANTIER !
UNE PÉTITION ?
QUELLE PÉTITION ?
RIIIIP !
MAIS ?! POUR QUI IL SE PREND, CELUI-LÀ ?!?
HA HA HA !
T'INQUIÈTE PAS, LOU, ON VA PAS SE LAISSER FAIRE !
ET JE VOUS RAPPELLE QUE LE CHANTIER EST INTERDIT AU PUBLIC. ALORS, OUSTE LES ENQUIQUINEUSES !

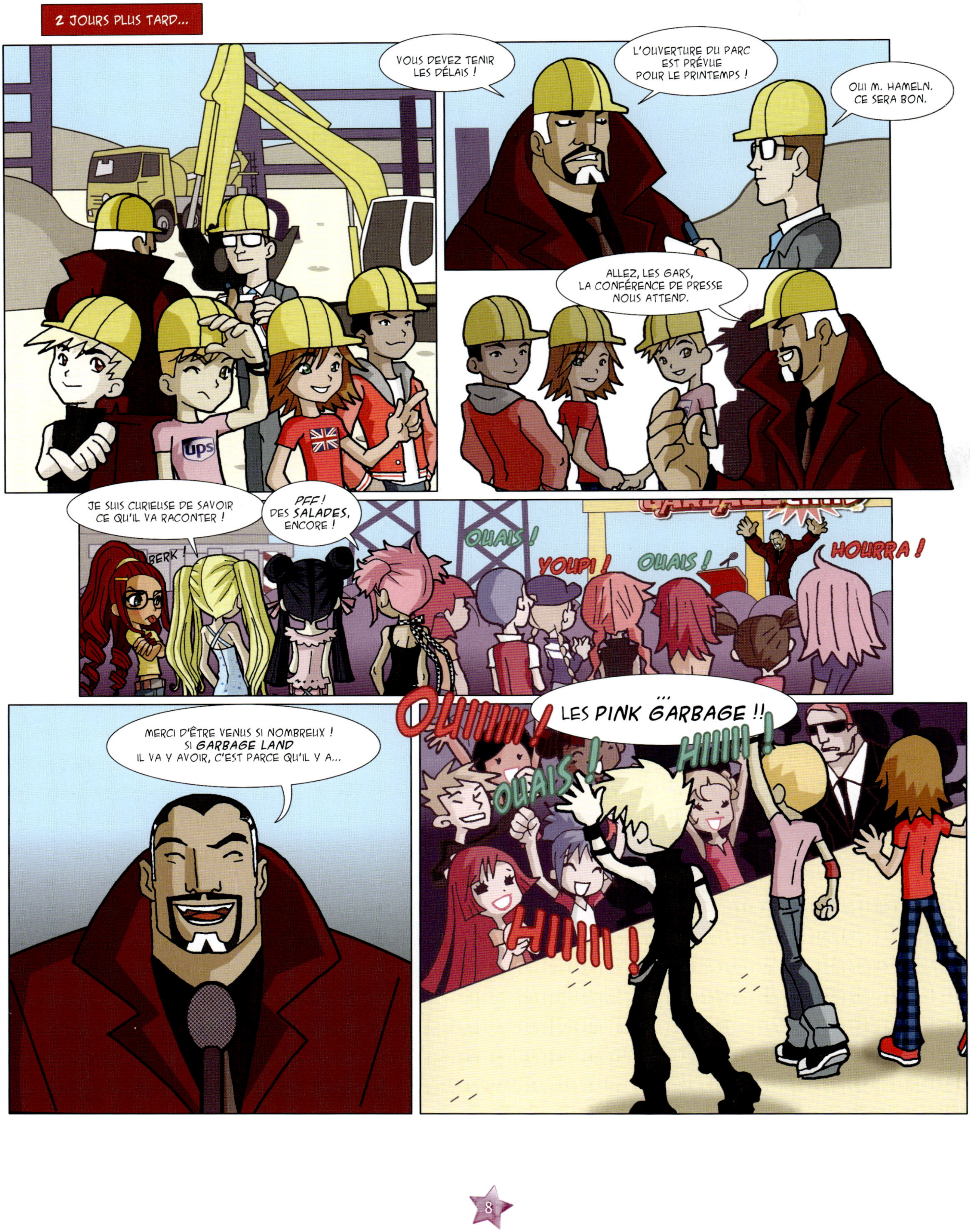
2 JOURS PLUS TARD...
VOUS DEVEZ TENIR LES DÉLAIS !
L'OUVERTURE DU PARC EST PRÉVUE POUR LE PRINTEMPS !
OUI M. HAMELN. CE SERA BON.
ALLEZ, LES GARS, LA CONFÉRENCE DE PRESSE NOUS ATTEND.
JE SUIS CURIEUSE DE SAVOIR CE QU'IL VA RACONTER !
PFF ! DES SALADES, ENCORE !
BERK !
OUAIS !
YOUPI !
OUAIS !
HOURRA !
MERCI D'ÊTRE VENUS SI NOMBREUX ! SI GARBAGE LAND IL VA Y AVOIR, C'EST PARCE QU'IL Y A...
OUIIIIIII !
... LES PINK GARBAGE !!
HIIIII !
OUAIS !
HIIIII !

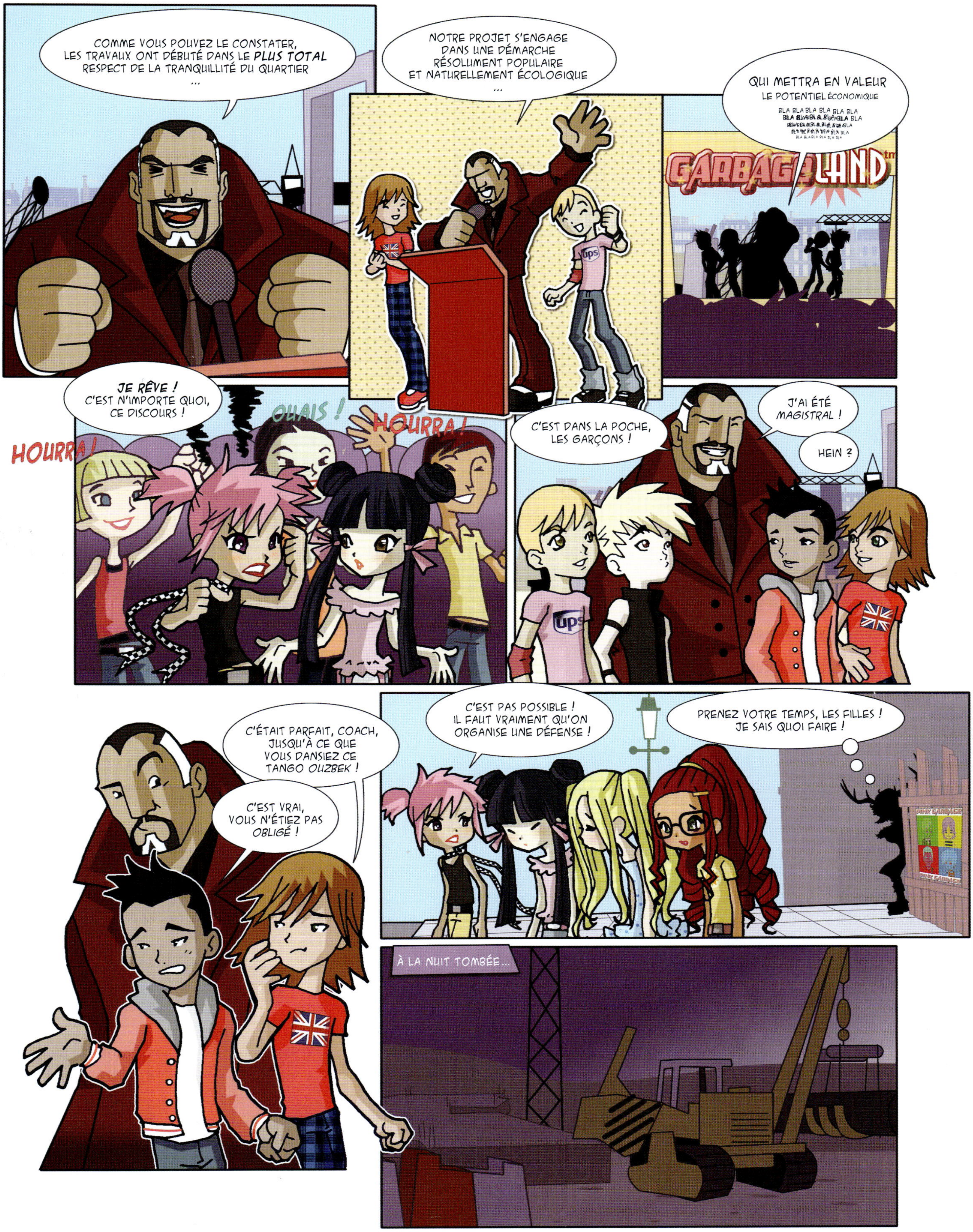

COMME VOUS POUVEZ LE CONSTATER, LES TRAVAUX ONT DÉBUTÉ DANS LE **PLUS TOTAL** RESPECT DE LA TRANQUILLITÉ DU QUARTIER ...
NOTRE PROJET S'ENGAGE DANS UNE DÉMARCHE RÉSOLUMENT POPULAIRE ET NATURELLEMENT ÉCOLOGIQUE ...
QUI METTRA EN VALEUR LE POTENTIEL ÉCONOMIQUE
HOURRA !
JE RÊVE ! C'EST N'IMPORTE QUOI, CE DISCOURS !
OUAIS !
HOURRA !
C'EST DANS LA POCHE, LES GARÇONS !
J'AI ÉTÉ MAGISTRAL !
HEIN ?
C'ÉTAIT PARFAIT, COACH, JUSQU'À CE QUE VOUS DANSIEZ CE TANGO *OUZBEK* !
C'EST VRAI, VOUS N'ÉTIEZ PAS OBLIGÉ !
C'EST PAS POSSIBLE ! IL FAUT VRAIMENT QU'ON ORGANISE UNE DÉFENSE !
PRENEZ VOTRE TEMPS, LES FILLES ! JE SAIS QUOI FAIRE !
À LA NUIT TOMBÉE...

ON PEUT Y ALLER, LA VOIE EST LIBRE !
ÉGAYEZ-MOI TOUT ÇA !
ET, SURTOUT, AMUSEZ-VOUS BIEN !
WZZIT
OUAIS !
YOUPI !
HÉ HÉ HÉ !
QU'HAMELN NE PUISSE PAS RECONNAÎTRE SON CHANTIER !
OBÉRON ! ON EN FAIT QUOI, DE LA BÉTONNIÈRE ?
CRAAC !
TITANIA ! ELLE EST BELLE LA GRUE, COMME ÇA, HEIN ?
BIEN JOUÉ, LES ENFANTS ! ON VA ÊTRE TRANQUILLES UN PETIT MOMENT !

HEIN ?!
COMMENT ÇA, LE CHANTIER NE PEUT PAS REPRENDRE ?
LA GRUE ? QU'EST-CE QU'ELLE A, LA GRUE ?
J'ARRIVE !
JE VOUS L'AVAIS DIT, M. HAMELN.
MAIS QU'EST-CE QUI S'EST PASSÉ, ICI ?!?
JUSTEMENT, ON AIMERAIT BIEN LE SAVOIR, NOUS AUSSI !
C'ÉTAIT QUOI, CE TAPAGE NOCTURNE ?
VOUS NOUS AVIEZ PROMIS LA TRANQUILLITÉ !
OUIIIIN !
ON N'A PAS FERMÉ L'ŒIL DE LA NUIT !
NE VOUS INQUIÉTEZ PAS, BRAVES GENS ! JE MAÎTRISE LA SITUATION !
HÉHÉ !
JE VOUS PROMETS QUE CELA NE SE RENOUVELLERA PAS !
VOUS AVEZ INTÉRÊT, MONSIEUR LE PROMOTEUR, SINON VOUS ENTENDREZ PARLER DE NOUS !
HUMF !

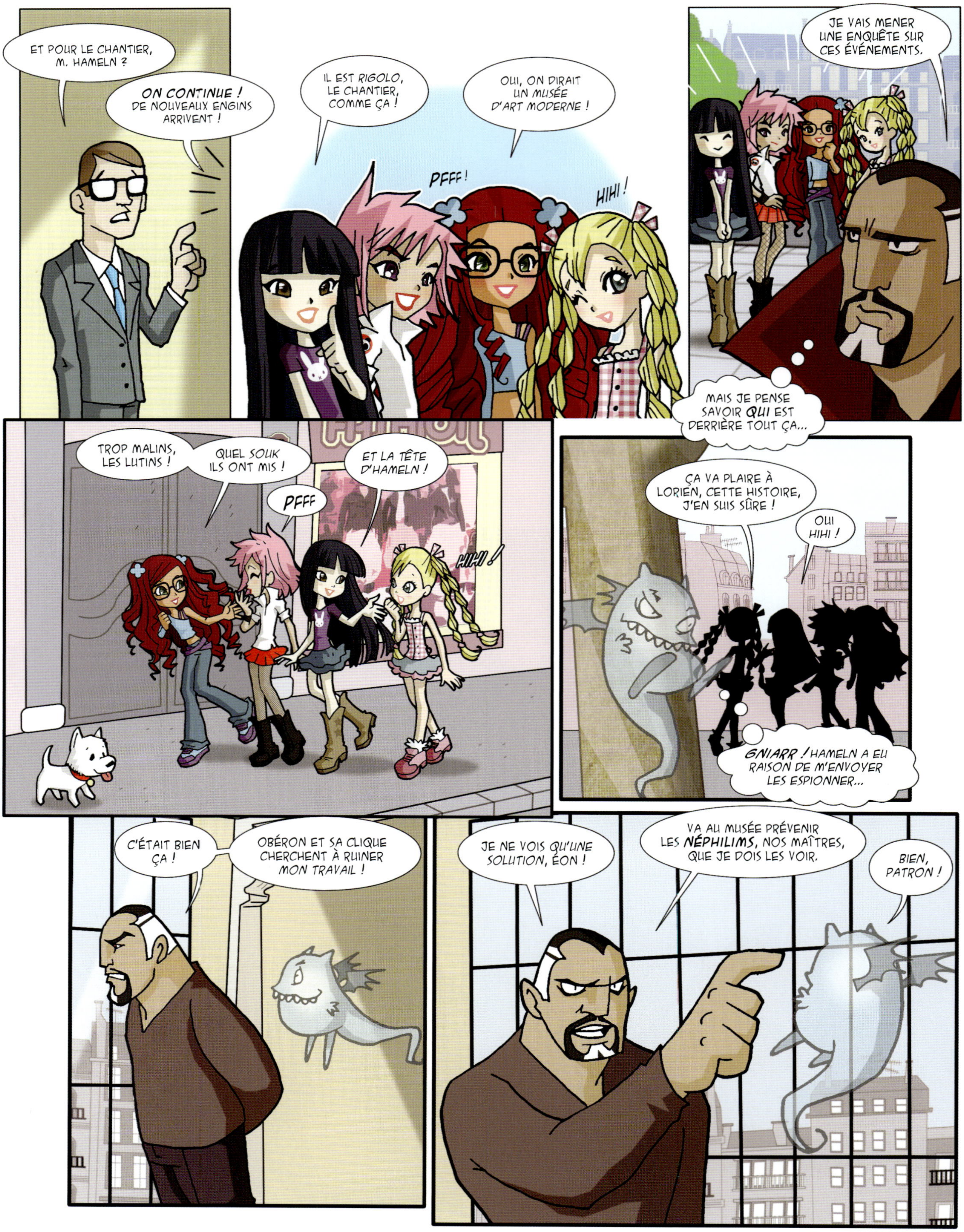

ET POUR LE CHANTIER, M. HAMELN ?
ON CONTINUE ! DE NOUVEAUX ENGINS ARRIVENT !
IL EST RIGOLO, LE CHANTIER, COMME ÇA !
OUI, ON DIRAIT UN MUSÉE D'ART MODERNE !
PFFF !
HIHI !
JE VAIS MENER UNE ENQUÊTE SUR CES ÉVÉNEMENTS.
MAIS JE PENSE SAVOIR QUI EST DERRIÈRE TOUT ÇA...
TROP MALINS, LES LUTINS !
QUEL SOUK ILS ONT MIS !
ET LA TÊTE D'HAMELN !
PFFF
HIHI !
ÇA VA PLAIRE À LORIEN, CETTE HISTOIRE, J'EN SUIS SÛRE !
OUI HIHI !
GNIARR ! HAMELN A EU RAISON DE M'ENVOYER LES ESPIONNER...
C'ÉTAIT BIEN ÇA !
OBÉRON ET SA CLIQUE CHERCHENT À RUINER MON TRAVAIL !
JE NE VOIS QU'UNE SOLUTION, ÉON !
VA AU MUSÉE PRÉVENIR LES NÉPHILIMS, NOS MAÎTRES, QUE JE DOIS LES VOIR.
BIEN, PATRON !

Galerie est
Crypte 3A
JE SUIS VENU À VOUS POUR IMPLORER VOTRE AIDE...
LE PEUPLE FÉERIQUE EST PLUS CORIACE QUE PRÉVU, ET MES DEUX PETITS TROLLS NE FERONT PAS LE POIDS !
QU'ATTENDS-TU DE NOUS, HAMELN ?
J'AURAIS BESOIN DE TROUPES DE CHOC, POUR PROTÉGER LE CHANTIER...
... ET TENIR EN RESPECT OBÉRON ET LES SIENS !
• • • • •
VA, HAMELN, ON S'OCCUPE DE TOUT !
MUSEUM
PFOUH ! JE M'EN SORS BIEN, SUR CE COUP-LÀ !
TOUJOURS AUSSI SYMPATHIQUES, CES DEUX LASCARS !
À LA NUIT TOMBÉE...

ÇA VA ÊTRE À NOUS !
CHOUETTE, ON VA POUVOIR S'AMUSER COMME HIER !
OUAIS !! ÉGAYONS ! ÉGAYONS ! COMME DIT OBÉRON !

ALLONS-Y !
C'EST L'HEURE DE PASSER À L'ACTION !

PAS SI VITE, VOUS !

QU'EST-CE QUE...
OH NON ! LES NÉPHILIMS !
MAIS ?! C'ÉTAIT PAS PRÉVU, ÇA !
MAIS SI, MAIS SI !
ON VOUS ATTENDAIT, JUSTEMENT !

À L'ATTAQUE !
AHAHA !
AÏE ! OUILLE !!
HOULÀLÀ !
HO NON ! SAUVE-QUI-PEUT !!
Gniark ! Gniark ! Gniark !
IIIK !
BOING !
Argl !
Hin Hin !
BOM !
OUCH !
OBÉRON ! ILS SONT TROP FORTS POUR NOUS !
PAN ! SONNE LA RETRAITE !
IL FAUT NOUS RETIRER !
CLOK
OUCH !

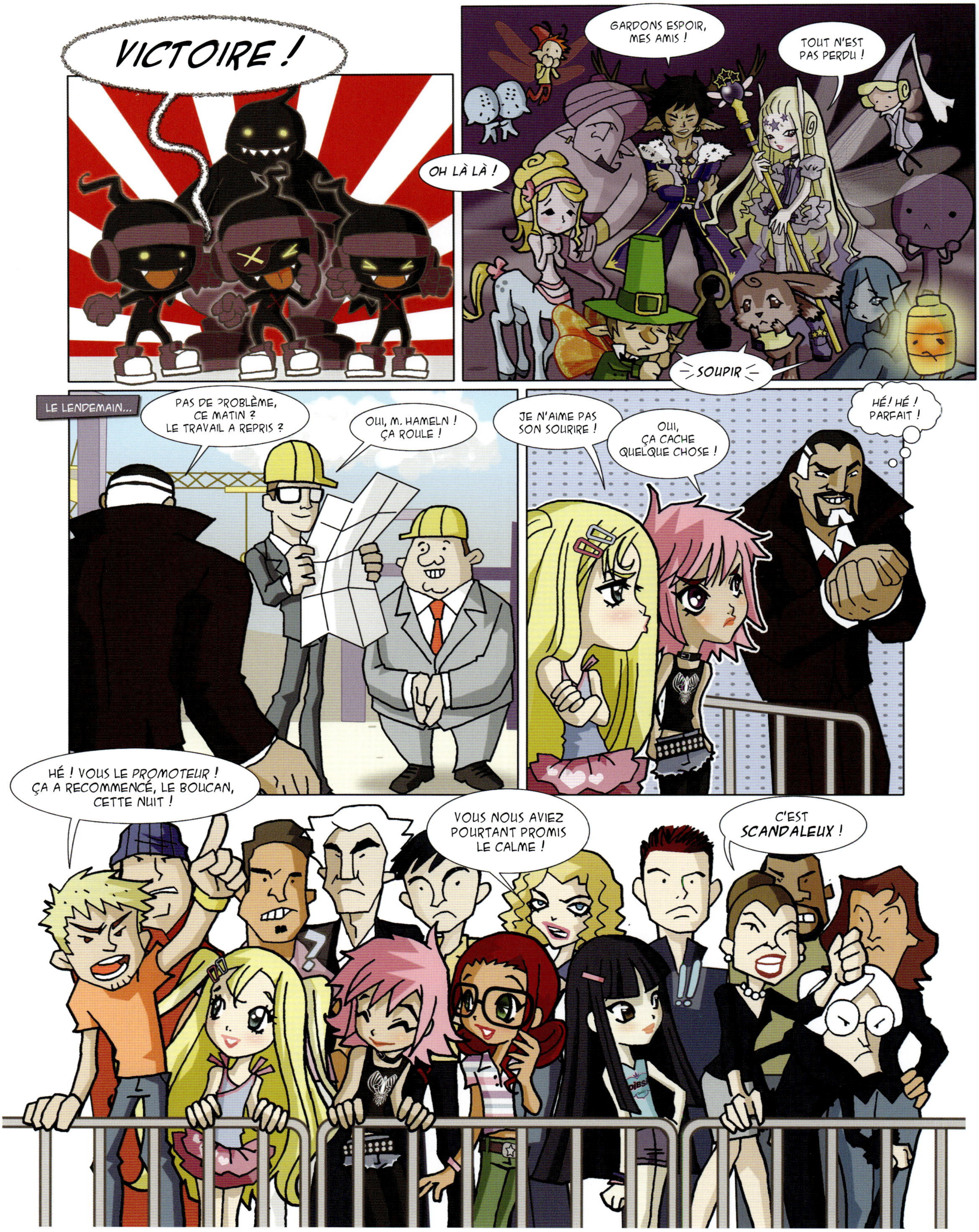
VICTOIRE !
GARDONS ESPOIR, MES AMIS !
TOUT N'EST PAS PERDU !
OH LÀ LÀ !
SOUPIR
LE LENDEMAIN...
PAS DE PROBLÈME, CE MATIN ? LE TRAVAIL A REPRIS ?
OUI, M. HAMELN ! ÇA ROULE !
JE N'AIME PAS SON SOURIRE !
OUI, ÇA CACHE QUELQUE CHOSE !
HÉ ! HÉ ! PARFAIT !
HÉ ! VOUS LE PROMOTEUR ! ÇA A RECOMMENCÉ, LE BOUCAN, CETTE NUIT !
VOUS NOUS AVIEZ POURTANT PROMIS LE CALME !
C'EST SCANDALEUX !

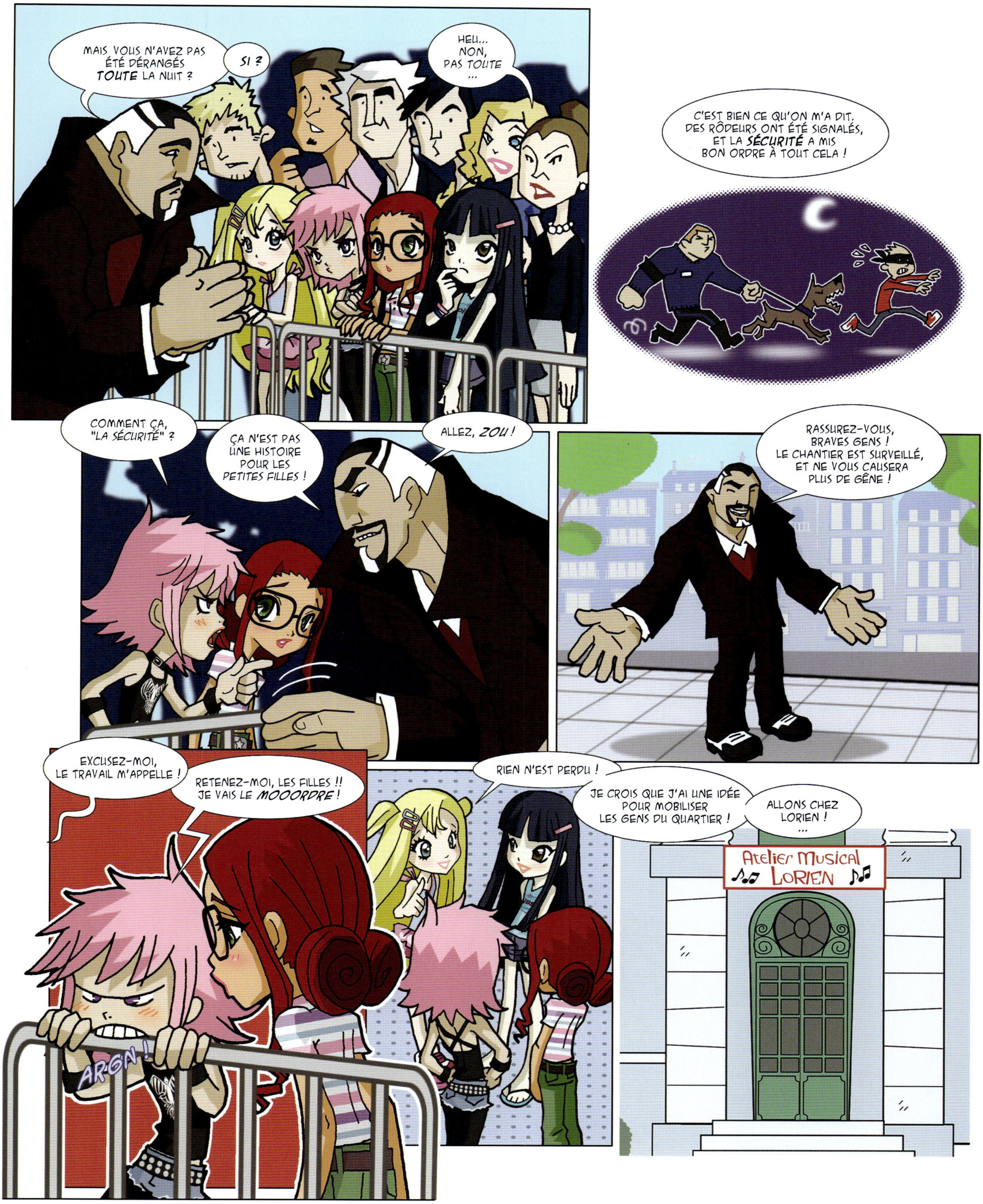
MAIS VOUS N'AVEZ PAS ÉTÉ DÉRANGÉS TOUTE LA NUIT ?
SI ?
HEU... NON, PAS TOUTE ...
C'EST BIEN CE QU'ON M'A DIT. DES RÔDEURS ONT ÉTÉ SIGNALÉS, ET LA SÉCURITÉ A MIS BON ORDRE À TOUT CELA !
COMMENT ÇA, "LA SÉCURITÉ" ?
ÇA N'EST PAS UNE HISTOIRE POUR LES PETITES FILLES !
ALLEZ, ZOU !
RASSUREZ-VOUS, BRAVES GENS ! LE CHANTIER EST SURVEILLÉ, ET NE VOUS CAUSERA PLUS DE GÊNE !
EXCUSEZ-MOI, LE TRAVAIL M'APPELLE !
RETENEZ-MOI, LES FILLES !! JE VAIS LE MOOORDRE !
ARGN !
RIEN N'EST PERDU !
JE CROIS QUE J'AI UNE IDÉE POUR MOBILISER LES GENS DU QUARTIER !
ALLONS CHEZ LORIEN ! ...
Atelier Musical LORIEN

♪
ZZZ
SLAM
IIIIK !
DITES, ELLE VOUS A RIEN FAIT, LA PORTE ! POURQUOI LA CLAQUER ?
MF !
SI JE TENAIS CE ⊠♌♎♐❖♏ DE PROMOTEUR !
ÉCOUTE, LORIEN, JE SAIS CE QU'IL FAUT FAIRE !
BOUHOUHOU ! LE PEUPLE FÉERIQUE EST PERDU !
CALME-TOI, YOSHI ! NINA A UNE IDÉE !
OUCH !
PAS TOUTES EN MÊME TEMPS, LES FILLES !
NINA, JE T'ÉCOUTE !
LES TRAVAUX CONTINUENT CE MATIN, COMME SI DE RIEN N'ÉTAIT !
MALGRÉ LA FIESTA DE LA NUIT ?
OUI, ILS ONT TROUVÉ UNE PARADE AUX FACÉTIES D'OBÉRON ET DE SES AMIS SUR LE CHANTIER !

VOILÀ CE QUE JE PROPOSE...
RÉUNIR LES HABITANTS LORS D'UN REPAS DE QUARTIER...
J'EN PROFITERAI POUR FAIRE MA FAMEUSE RECETTE : LE TARTARE DE TRIPOLARD !
TRÈS SYMPA, COMME INITIATIVE !
OUI, C'EST VRAI !
Sévigné
ET LES CONVAINCRE QUE L'IDÉE DU JARDIN PUBLIC EST BONNE !
MA FOI, C'EST VRAI QUE C'EST UNE BONNE IDÉE !
HEIN ? DE QUOI ? UN BOVIDÉ ?!
PAS BÊTE ! IL FAUDRAIT QU'ILS CRÉENT UN COMITÉ DE DÉFENSE DU QUARTIER AUTOUR DE CE PROJET...
JE VEUX BIEN PRÉSIDER LE COMITÉ !
OUAIS ! VAS-Y, RAOUL !
ET ON POURRAIT TERMINER PAR UN CONCERT !
ET EXPLOSER LES OREILLES DU GROS MÉCHANT !
BON ! ALLEZ, AU BOULOT !
CE QU'IL Y A DE BIEN AVEC VOUS, C'EST QU'ON NE S'ENNUIE JAMAIS !
MOI, JE VAIS PRÉVENIR OBÉRON !

LE DIMANCHE SUIVANT.
BLA BLA COMITÉ DE DÉFENSE BLA BLA
BLA BLA
BLABLA BLA
BLA ÉLECTIONS
BLA BLA FOOTBALL
TAPAGE NOCTURNE BLABLA
BLA BLA
BLA BLA
BLA BLA JARDIN PUBLIC
HAHAHA !
NOUS AVONS DÉJÀ PRIS RENDEZ-VOUS AVEC L'ADJOINT AU MAIRE !
OUAIS ! VAS-Y RAOUL !
NINA AVAIT RAISON, ÇA PREND TOURNURE !
CES FILLES SONT FORMIDABLES !
OUI ! CE SONT MES PETITES PRINCESSES !
ET MAINTENANT... CELLES QUE VOUS ATTENDEZ TOUS !
LES ELFÉES !
elfées

OBÉRON... CES ACCORDS ...
OUI TITANIA, MOI AUSSI, ILS M'ÉVOQUENT LES ANCIENS CHANTS DE FÉERIE...
Y A PAS À DIRE, ELLES JOUENT DE LA MUSIQUE...
... COMME ELLES CLAQUENT LES PORTES, AVEC **ÉNERGIE** !
N'OUBLIEZ PAS, LES FILLES, POUR NOTRE RENDEZ-VOUS DE CE SOIR, IL FAUDRA FAIRE **MOINS DE BRUIT** !
??

SI TOUT LE MONDE EST PRÉSENT, L'ASSEMBLÉE PEUT COMMENCER.
ON N'ATTEND PLUS QUE LES ELFÉES !
JUSTEMENT, LES VOILÀ !
JE TENAIS À REMERCIER NOS QUATRE AMIES POUR LEURS EFFORTS !
GRÂCE À ELLES, LES HABITANTS DU QUARTIER SE MOBILISENT.
LE CALME D'UN JARDIN PUBLIC LEUR PARAÎT UNE IDÉE PLUS SÉDUISANTE...
... QUE LE VACARME D'UN PARC D'ATTRACTIONS !

MAIS CE COMBAT EST AUSSI LE NÔTRE. CELUI DE NOTRE SURVIE !
UN ESPACE VERT DEVIENDRAIT POUR NOUS UN HAVRE IDÉAL.
PFOU !
IL VA DURER ENCORE LONGTEMPS, SON DISCOURS ?
MAINTENANT, JE LAISSE LA PAROLE À TITANIA !
AAAH... PAS TROP TÔT !!
LORS DU CONCERT, LA MUSIQUE DES ELFÉES A PROVOQUÉ EN NOUS UNE INTENSE ÉMOTION !
ELLE A RÉVEILLÉ LE SOUVENIR DES CHANTS ELFIQUES... ET LA PUISSANTE MAGIE QU'ILS POSSÉDAIENT.
T'ENTENDS ÇA, LOU ?!?
PFFF ...

... ET CE POUVOIR POURRAIT NOUS ÊTRE UTILE, MAINTENANT, POUR LUTTER CONTRE HAMELN ET SES NÉPHILIMS.
... SI JE NE ME TROMPE PAS, IL S'AGIRAIT ...
DES DIX ODES À SIGURDR, VAINQUEUR DU DRAGON FAFNIR...
NEUF BALLADES RELATANT L'AMOUR DE TRISTAN ET YSEUT...
DES MÉMOIRES DE MYRDDYN L'ERMITE...
ET DE QUINZE PIÈCES LYRIQUES DES NIBELUNGEN FORGEANT L'ÉPÉE DE SIGURDR...

MAIS... PERSONNE NE SAIT CE QUE SONT DEVENUS CES TEXTES ...
ILS N'ONT PAS PU DISPARAÎTRE COMME ÇA ! IL DOIT Y AVOIR DES TRACES !
PFFFF...
LA SEULE CHOSE DONT ON SE SOUVIENT, C'EST QUE LES GNOMES ONT ÉTÉ CHARGÉS DE LES CACHER...
LES CACHER ? MAIS POURQUOI ?
IL LE FALLAIT, CAR LES TERRITOIRES MAGIQUES ÉTAIENT PEU À PEU ENVAHIS PAR LES HOMMES POUR Y CONSTRUIRE DES BÂTIMENTS RELIGIEUX...
MAIS OÙ SE TROUVE-T-ELLE, CETTE CACHETTE ?
ENFOUIE QUELQUE PART, PARMI LES RACINES D'UN VIEUX CHÊNE LÉGENDAIRE.
ET... COMMENT LE TROUVER, CE CHÊNE ?
SUPER ! ÇA AIDE VACHEMENT !
EH BIEN, C'EST À NOUS DE PARTIR À SA RECHERCHE !!

CETTE QUÊTE EST DÉSORMAIS NOTRE PRIORITÉ !
VOUS, LES FILLES, DANS LE MONDE DES HUMAINS, ET NOUS, DANS CELUI DES LÉGENDES.
ÇA VA, LOU ? JE N'AI PAS ÉTÉ TROP LONG ?
HI! HI! HI!
GULP!
COMMENT DIRE... LE DÉBUT ÉTAIT UN PEU... POUSSIF, MAIS SUR LA FIN, L'INTENSITÉ DRAMATIQUE A RATTRAPÉ LE TOUT !
PFFF!
TU VEUX TOUJOURS AVOIR LE DERNIER MOT, TOI, HEIN ?!
HÉ! HÉ!
BON, EN ROUTE, LES FILLES ! J'AI PROMIS À VOS PARENTS DE NE PAS VOUS RAMENER TROP TARD...
AU REVOIR !!
AU REVOIR !

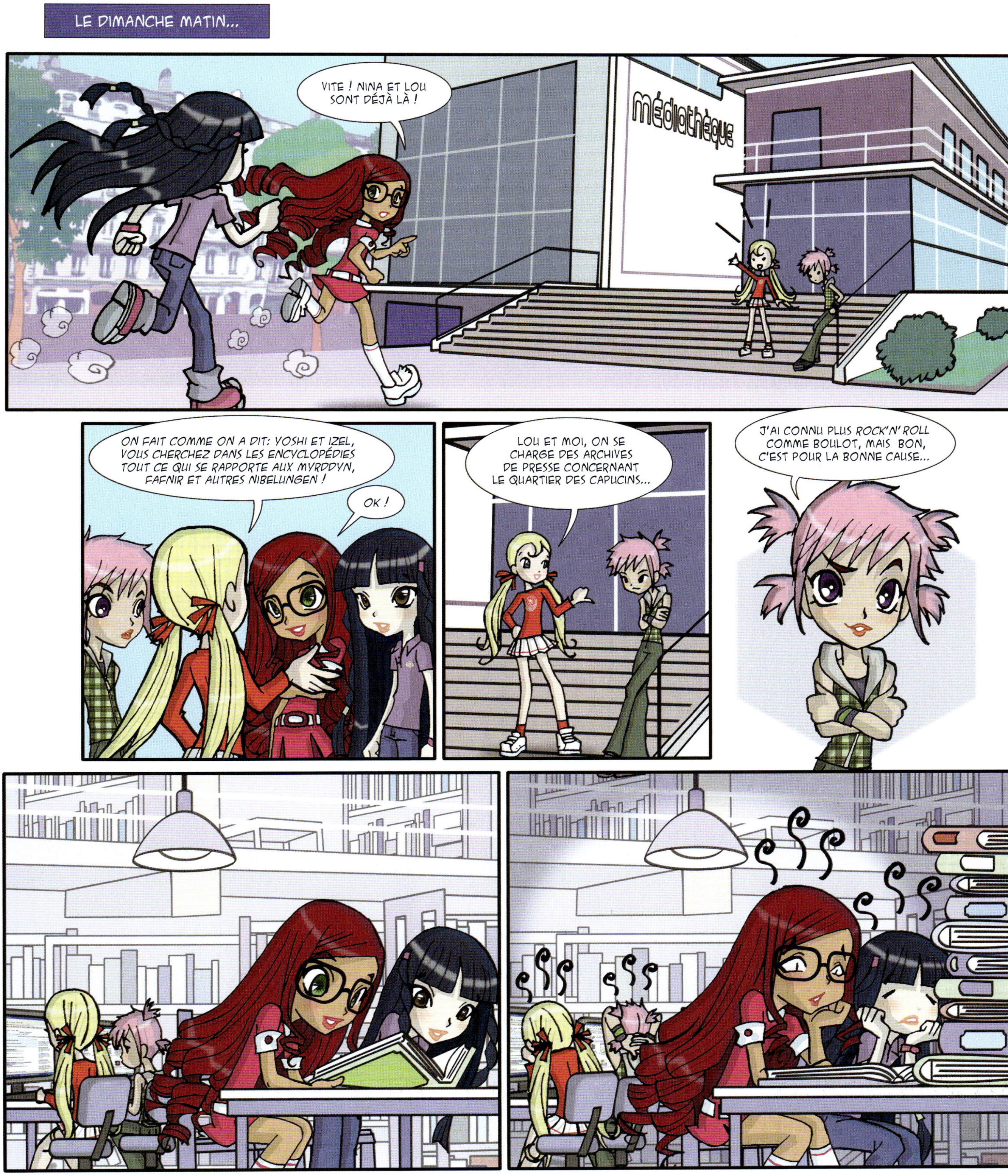
LE DIMANCHE MATIN...
VITE ! NINA ET LOU SONT DÉJÀ LÀ !
médiathèque
ON FAIT COMME ON A DIT: YOSHI ET IZEL, VOUS CHERCHEZ DANS LES ENCYCLOPÉDIES TOUT CE QUI SE RAPPORTE AUX MYRDDYN, FAFNIR ET AUTRES NIBELUNGEN !
OK !
LOU ET MOI, ON SE CHARGE DES ARCHIVES DE PRESSE CONCERNANT LE QUARTIER DES CAPUCINS...
J'AI CONNU PLUS ROCK'N'ROLL COMME BOULOT, MAIS BON, C'EST POUR LA BONNE CAUSE...

PFF... NINA, T'ES SÛRE QU'ON POURRAIT PAS TÉLÉCHARGER UN JEU SUR CET ORDI ? ON S'AMUSERAIT, AU MOINS ...
HORS DE QUESTION !
NOUS, ON A FINI ! ON A PRIS QUELQUES NOTES... ON SAIT QUE FAFNIR EST UN DRAGON, LES NIBELUNGEN DES NAINS... BREF, RIEN DE PARTICULIER.
UN DRAGON ?
ATTENDEZ ...
JE CROIS QUE JE TIENS UNE PISTE !
Précédente
Rechercher
Favoris
http://www.lecanardducoin.fr/web/recherche_resultats/1,13-0,1-0,0.html
Résultats de votre recherc
346 éléments publiés "depuis un an"
classés par "pertinence".
Affichage 10 réponses par page
Page 1 2 3 4 5 6 7 8 9 »
1 - ARCHIVES ENGLOUTIES 4.
2 - ARCHIVES ENGLOUTIES 2.
3 - SYRIE PARADIS DES FOUILL
Le Canard du Coin
Les travaux du quartier des Capucins stoppés après la mise au jour d'un site médiéval
REGARDEZ ÇA, LES FILLES !
J'IMPRIME LA PAGE, ET ON Y VA !
ON AURA QUELQUE CHOSE À MONTRER TOUT À L'HEURE, À LA RÉUNION DE QUARTIER !
EN ATTENDANT, ON SE FAIT UNE GLACE ?

BIEN. TOUS LES SUJETS AYANT ÉTÉ TRAITÉS, JE LAISSE LA PAROLE AUX ELFÉES, QUI ONT QUELQUE CHOSE À DEMANDER.
ON A LU DANS LES ARCHIVES QUE LES RUINES D'UN MONASTÈRE MÉDIÉVAL AVAIENT ÉTÉ DÉCOUVERTES LORS DE TRAVAUX DANS LE QUARTIER...
HOULA ! C'EST VIEUX, CETTE HISTOIRE !
OUI, IL Y A PRESQUE 50 ANS...
ON AIMERAIT SAVOIR SI DES MANUSCRITS ONT ÉTÉ DÉCOUVERTS DANS LES RUINES DE CE MONASTÈRE...
JE NE VOIS QUE LES CAPELLE ET LE VIEUX BROCA QUI POURRAIENT SE SOUVENIR...
VOUS LES TROUVEREZ CHEZ EUX !
UN PEU PLUS TARD...
SI JE M'EN SOUVIENS DES TRAVAUX ! C'ÉTAIT BIEN EMBÊTANT ! ÇA METTAIT DE LA POUSSIÈRE PARTOUT !
POUR LES FOUILLES, ALLEZ VOIR JULES, LE VIEUX BROCA... ÇA L'INTÉRESSAIT, LUI, LES FOUILLES.
MERCI BEAUCOUP ! AU REVOIR M'SIEU DAME !

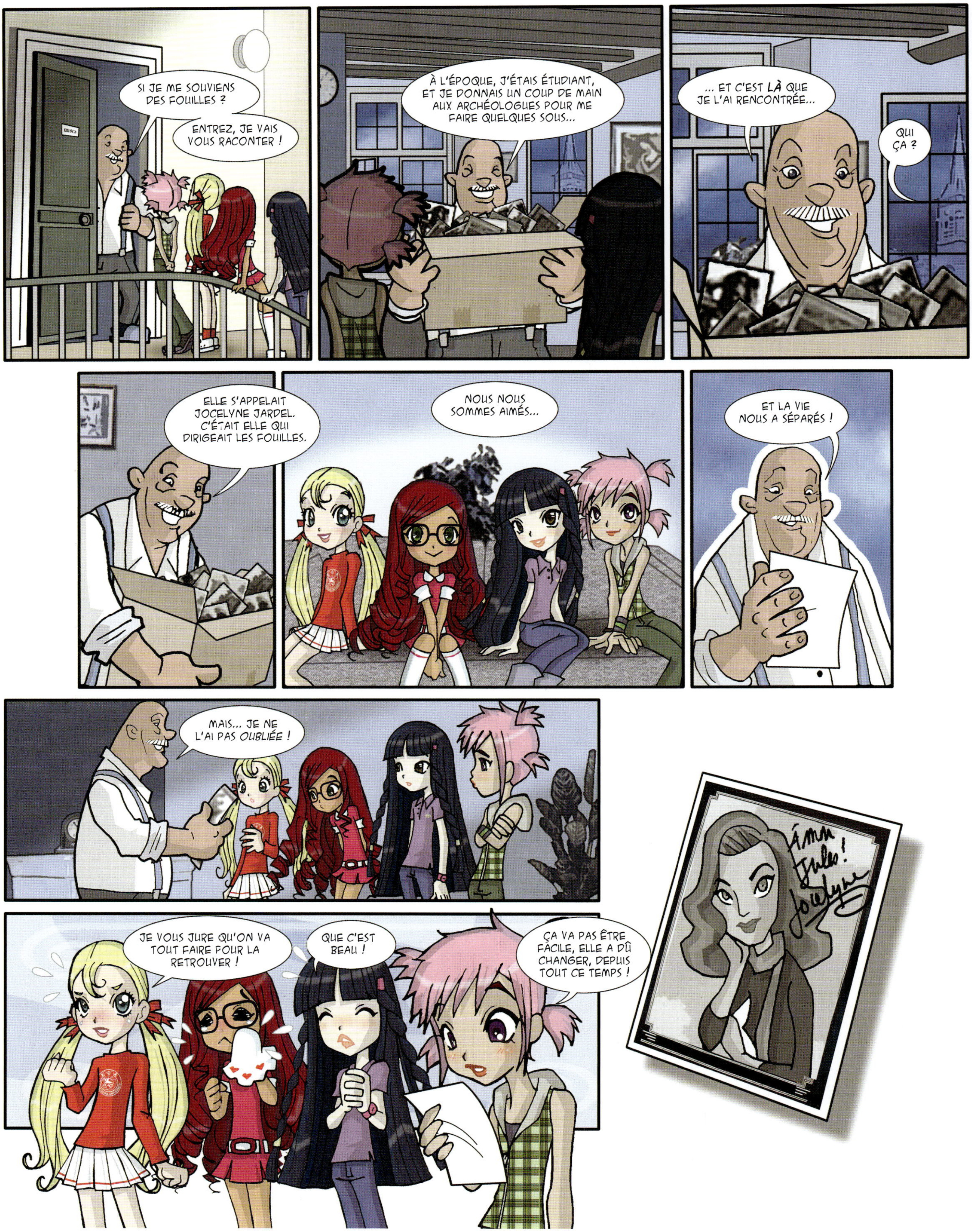
SI JE ME SOUVIENS DES FOUILLES ?
ENTREZ, JE VAIS VOUS RACONTER !
À L'ÉPOQUE, J'ÉTAIS ÉTUDIANT, ET JE DONNAIS UN COUP DE MAIN AUX ARCHÉOLOGUES POUR ME FAIRE QUELQUES SOUS...
... ET C'EST **LÀ** QUE JE L'AI RENCONTRÉE...
QUI ÇA ?
ELLE S'APPELAIT JOCELYNE JARDEL. C'ÉTAIT ELLE QUI DIRIGEAIT LES FOUILLES.
NOUS NOUS SOMMES AIMÉS...
ET LA VIE NOUS A SÉPARÉS !
MAIS... JE NE L'AI PAS OUBLIÉE !
JE VOUS JURE QU'ON VA TOUT FAIRE POUR LA RETROUVER !
QUE C'EST BEAU !
ÇA VA PAS ÊTRE FACILE, ELLE A DÛ CHANGER, DEPUIS TOUT CE TEMPS !
À mon Jules ! Jocelyne

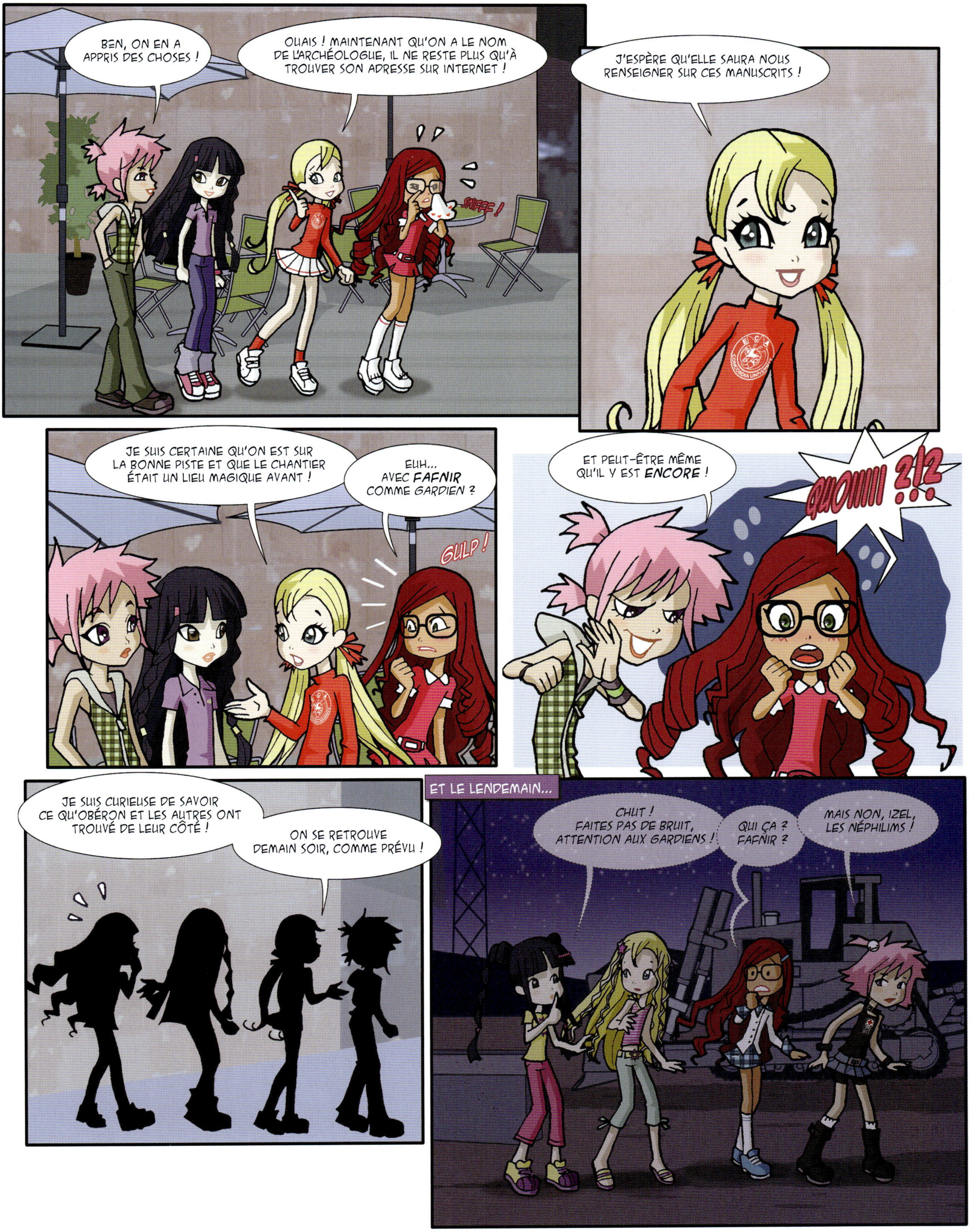
BEN, ON EN A APPRIS DES CHOSES !
OUAIS ! MAINTENANT QU'ON A LE NOM DE L'ARCHÉOLOGUE, IL NE RESTE PLUS QU'À TROUVER SON ADRESSE SUR INTERNET !
SNIFFF !
J'ESPÈRE QU'ELLE SAURA NOUS RENSEIGNER SUR CES MANUSCRITS !
JE SUIS CERTAINE QU'ON EST SUR LA BONNE PISTE ET QUE LE CHANTIER ÉTAIT UN LIEU MAGIQUE AVANT !
EUH... AVEC FAFNIR COMME GARDIEN ?
GULP !
ET PEUT-ÊTRE MÊME QU'IL Y EST ENCORE !
QUOIIIII ?!?
JE SUIS CURIEUSE DE SAVOIR CE QU'OBÉRON ET LES AUTRES ONT TROUVÉ DE LEUR CÔTÉ !
ON SE RETROUVE DEMAIN SOIR, COMME PRÉVU !
ET LE LENDEMAIN...
CHUT ! FAITES PAS DE BRUIT, ATTENTION AUX GARDIENS !
QUI ÇA ? FAFNIR ?
MAIS NON, IZEL, LES NÉPHILIMS !

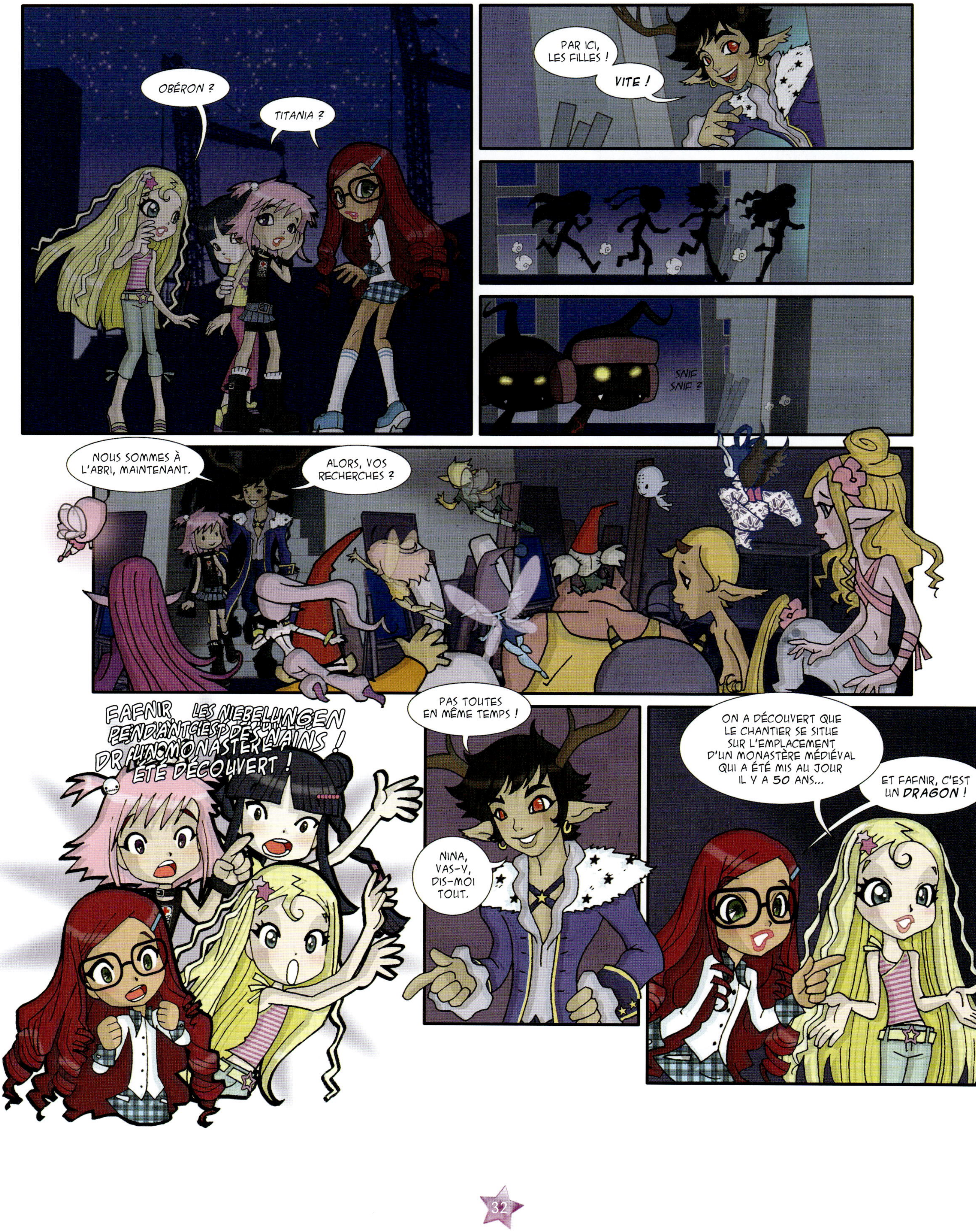
OBÉRON ?
TITANIA ?
PAR ICI, LES FILLES !
VITE !
SNIF SNIF ?
NOUS SOMMES À L'ABRI, MAINTENANT.
ALORS, VOS RECHERCHES ?
FAFNIR
LES NIEBELUNGEN
DES NAINS !
ÉTÉ DÉCOUVERT !
PAS TOUTES EN MÊME TEMPS !
NINA, VAS-Y, DIS-MOI TOUT.
ON A DÉCOUVERT QUE LE CHANTIER SE SITUE SUR L'EMPLACEMENT D'UN MONASTÈRE MÉDIÉVAL QUI A ÉTÉ MIS AU JOUR IL Y A 50 ANS...
ET FAFNIR, C'EST UN DRAGON !

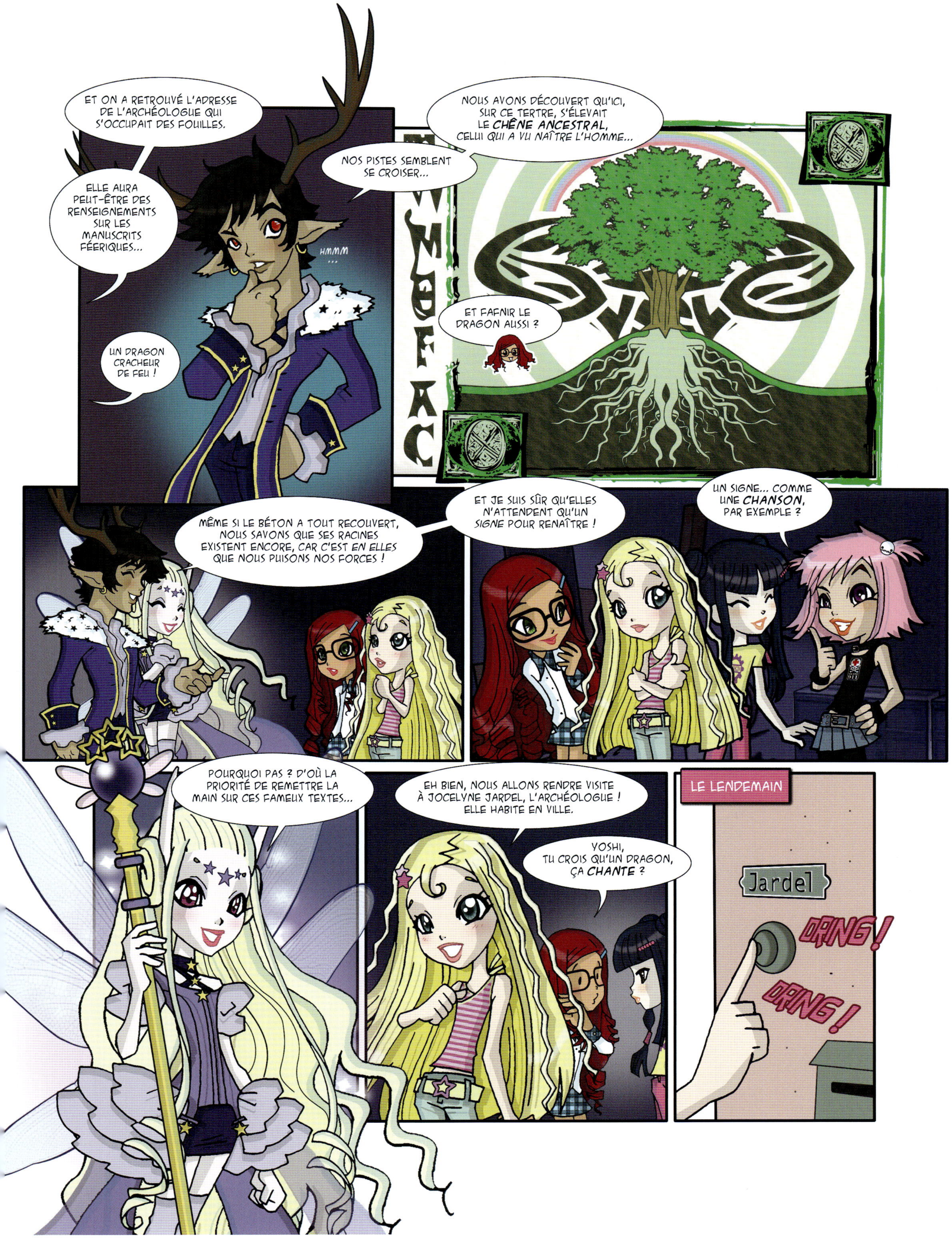

ET ON A RETROUVÉ L'ADRESSE DE L'ARCHÉOLOGUE QUI S'OCCUPAIT DES FOUILLES.
ELLE AURA PEUT-ÊTRE DES RENSEIGNEMENTS SUR LES MANUSCRITS FÉERIQUES...
UN DRAGON CRACHEUR DE FEU !
HMMM ...
NOS PISTES SEMBLENT SE CROISER...
NOUS AVONS DÉCOUVERT QU'ICI, SUR CE TERTRE, S'ÉLEVAIT LE CHÊNE ANCESTRAL, CELUI QUI A VU NAÎTRE L'HOMME...
ET FAFNIR LE DRAGON AUSSI ?
MÊME SI LE BÉTON A TOUT RECOUVERT, NOUS SAVONS QUE SES RACINES EXISTENT ENCORE, CAR C'EST EN ELLES QUE NOUS PUISONS NOS FORCES !
ET JE SUIS SÛR QU'ELLES N'ATTENDENT QU'UN SIGNE POUR RENAÎTRE !
UN SIGNE... COMME UNE CHANSON, PAR EXEMPLE ?
POURQUOI PAS ? D'OÙ LA PRIORITÉ DE REMETTRE LA MAIN SUR CES FAMEUX TEXTES...
EH BIEN, NOUS ALLONS RENDRE VISITE À JOCELYNE JARDEL, L'ARCHÉOLOGUE ! ELLE HABITE EN VILLE.
YOSHI, TU CROIS QU'UN DRAGON, ÇA CHANTE ?
LE LENDEMAIN
Jardel
DRING !
DRING !

C'EST POUR UNE PÉTITION ?
NON, C'EST POUR VOUS POSER DES QUESTIONS SUR L'ARCHÉOLOGIE.
VOUS NE POUVIEZ PAS MIEUX TOMBER, MES PETITES. ENTREZ DONC !
MERCI !
LES FOUILLES DU QUARTIER DES CAPUCINS ? OH ! OUI, JE M'EN SOUVIENS COMME SI C'ÉTAIT HIER !
POURQUOI VOUS Y INTÉRESSEZ-VOUS ?
ON AIMERAIT SAVOIR SI ON N'Y AVAIT PAS DÉCOUVERT DE VIEUX TEXTES, D'ANCIENS MANUSCRITS DE CHANSONS...
OUCH ! J'ME SUIS BRÛLÉE !
HA OUI ! IL Y AVAIT, PARMI LES OUVRAGES RELIGIEUX QUI SE TROUVAIENT DANS LE MONASTÈRE, DE MAGNIFIQUES POÈMES PAÏENS.
J'AIMAIS LES LIRE, CAR ILS SAVAIENT M'APAISER.
ET QU'EST-CE QU'ILS SONT DEVENUS CES POÈMES, MADAME ?
ILS SONT LÀ OÙ FINISSENT TOUS LES VESTIGES ARCHÉOLOGIQUES : AU MUSÉE.
42

CELA DIT, À L'ÉPOQUE, IL N'Y AVAIT PAS QUE ÇA QUI M'AVAIT TOUCHÉE...
MAIS LÀ... JE M'ÉGARE !
HUM !
VOUS VOULEZ PEUT-ÊTRE PARLER... D'UN JEUNE HOMME ?
HI HI !
MAIS... COMMENT AVEZ-VOUS DEVINÉ ?
C'EST UN CERTAIN JULES BROCA QUI NOUS A MISES SUR VOTRE PISTE, MADAME JARDEL !
OH !
TENEZ, VOICI SON ADRESSE !

APRÈS LA MÉDIATHÈQUE, LE MUSÉE ? MAIS ON NOUS A CHANGÉ NOTRE YOSHI !
MOI AUSSI ! MOI AUSSI !
HEM !... C'EST POUR MON EXPOSÉ D'HISTOIRE...
"LES RITES MONASTIQUES DES PRÊTRES NINJAS DU LAC DE PALADRU !"
"NINJAS" !? TU ES SÛRE ?
OUI, OUI ! PENDANT LE HAUT MOYEN ÂGE !
AH OUI, JE CROIS BIEN QU'IL RESTE ENCORE DU TRAVAIL !
LE LENDEMAIN...
ÇA A TROP BIEN MARCHÉ, LE COUP DE L'EXPOSÉ ! MES PARENTS N'Y ONT VU QUE DU FEU !
EUH... CHEZ MOI, C'ÉTAIT MOYEN...
BON, QUAND FAUT Y ALLER, FAUT Y ALLER !
MUSÉUM
JOUR 1
PAS DE CHANCE AUJOURD'HUI... À DEMAIN !
OUI, C'EST ÇA !
JOUR 2
PAS MIEUX QU'HIER !
HUM !
DEMAIN SERA UN MEILLEUR JOUR !
JOUR 3
PFFFF !
HOLALA !
ALLEZ ! ON AURA PLUS DE CHANCE DEMAIN !

BON, ON SE RETROUVE DEMAIN ?
AH NON, ÇA SUFFIT ! QUATRE JOURS QU'ON FOUILLE CE MUSÉE DE LONG EN LARGE, ET RIEN !
CE N'EST PAS UNE RAI...
ATTENDEZ !
ON N'A PAS ÉTÉ VOIR, LÀ !
MAIS !!
C'EST INTERDIT !
ET ALORS ?
interdit au public
MAIS ...
ENFIN UN PEU D'ACTION !
Y A RIEN, DANS CETTE SALLE...
BON, ON REMONTE ?
LÀ ! ÇA CONTINUE !
EUH... CHUIS PAS RASSURÉE...
CHUT, IZEL !
ON ARRIVE AU BOUT !

OUAAAH !!
C'EST QUOI, TOUT ÇA ?
LES TEXTES QU'ON RECHERCHE SONT FORCÉMENT PAR ICI !
SUFFIT DE FOUILLER !
HEIN !?
MAIS... ON VA PAS Y ARRIVER !!!
MAIS SI !!
ALLEZ, LES FILLES ! AU BOULOT ! FAUT PAS TRAÎNER !

HO !
JE... JE CROIS QUE J'AI TROUVÉ !
REGARDEZ ! C'EST LE TEXTE QUI PARLE DE FAFNIR !
LE DRAGON !
Lot 44 • Galerie est • Crypte 3A
LÀ ! LA GALERIE EST ! LE RESTE DOIT ÊTRE LÀ-BAS !
Galerie est
ON Y VA !
BRRR !
C'EST SINISTRE, ICI !
ON N'Y VOIT RIEN ! J'APPELLE MES SALAMANDRES !
MAIS... QU'EST-CE QUI LEUR ARRIVE ?
ON DIRAIT QU'ELLES ONT PEUR !
CHUUT...
VOUS... VOUS AVEZ ENTENDU ?
GULP !

CHAIS PAS VOUS, MAIS MOI... J'AI PEUR !
OUI ! FUYONS !
... JE SUGGÈRE UN REPLI... STRATÉGIQUE !
AAAAAAAAAAAAAH !
QU'EST-CE QUE VOUS FAITES LÀ ?
OUPS !!
CETTE ZONE EST INTERDITE AU PUBLIC ! ET PUIS ON FERME. ALLEZ, DEHORS !
PFOU ! QUELLE FROUSSE !
OUI, MAIS ON SAIT OÙ CHERCHER, MAINTENANT.
GRMF !
J'Y RETOURNE PAS, MOI !
QUI VOUS PARLE D'Y RETOURNER SEULES ? OBÉRON SERA RAVI DE NOUS PRÊTER MAIN-FORTE !

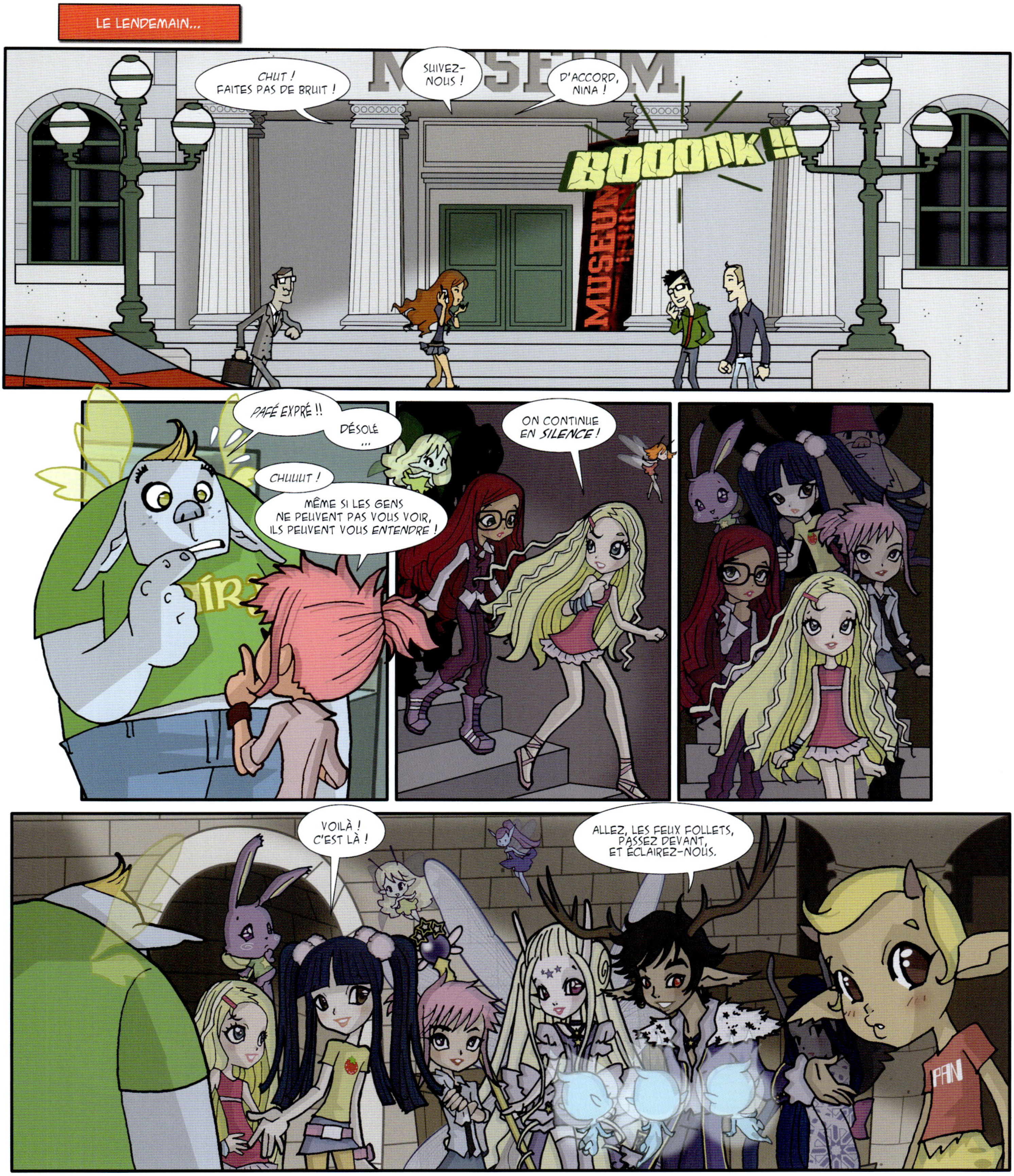
LE LENDEMAIN...
CHUT ! FAITES PAS DE BRUIT !
SUIVEZ-NOUS !
D'ACCORD, NINA !
BOOONK !!
MUSEUM
PAFÉ EXPRÉ !!
DÉSOLÉ ...
CHUUUT !
MÊME SI LES GENS NE PEUVENT PAS VOUS VOIR, ILS PEUVENT VOUS ENTENDRE !
ON CONTINUE EN SILENCE !
VOILÀ ! C'EST LÀ !
ALLEZ, LES FEUX FOLLETS, PASSEZ DEVANT, ET ÉCLAIREZ-NOUS.
PAN

Crypte 1
LA CRYPTE 3 DOIT ÊTRE PAR-LÀ !
HEU... T'AS RIEN ENTENDU, LOU ?
NON, POURQUOI ?
J'AI LA DÉSAGRÉABLE IMPRESSION D'ÊTRE... OBSERVÉE...
ON Y EST ! QUE TOUT LE MONDE CHERCHE !
PFOU ! QUELLE POUSSIÈRE !
LOT 44 ! JE L'AI !!
LES TEXTES SONT LÀ !
BRAVO, YOSHI !
FAIS VOIR ?
AAAAAAAAH... TCHÂÂÂÂÂ !
QUI A ÉTEINT LA LUMIÈRE ?
DÉSOLÉ PAFÉ EXPRÉ !!
PSCHIII !

AÏE !!!
QUI M'A MORDU ?
HÉ ! LÂCHE-MOI !
HIHIHIHI ! ON ME CHATOUILLE !
MAIS QU'EST-CE QUI SE PASSE ? ELLE REVIENT, CETTE LUMIÈRE ?
BEN QUOI ? QU'EST-CE QU'IL Y A ??
OH OH !
PFOU
MAMAAAAAAAN !
PAF !
AÏE !!!
CRAC !
BOM !
TOUS VERS LA SORTIE ! ON FOOONCE !
C'EST BON, J'AI LES TEXTES AVEC MOI !

YOSHI ! ON VA ESSAYER DE LES RETENIR
ALLEZ ! ENCORE QUELQUES MÈTRES, ET ON EST SAUVÉS !
ILS VONT VOIR DE QUEL BOIS JE ME CHAUFFE !
KAPOW!
OUCH!
BAP!
POW!
AïEEE!
HÉ HÉ HÉ !
OUAIS ! ON EST LES PLUS FORTS !
ON A GAGNÉ !
ILS ONT LEUR COMPTE, CETTE FOIS !
KAÏ KAÏ KAÏ
ARGL !

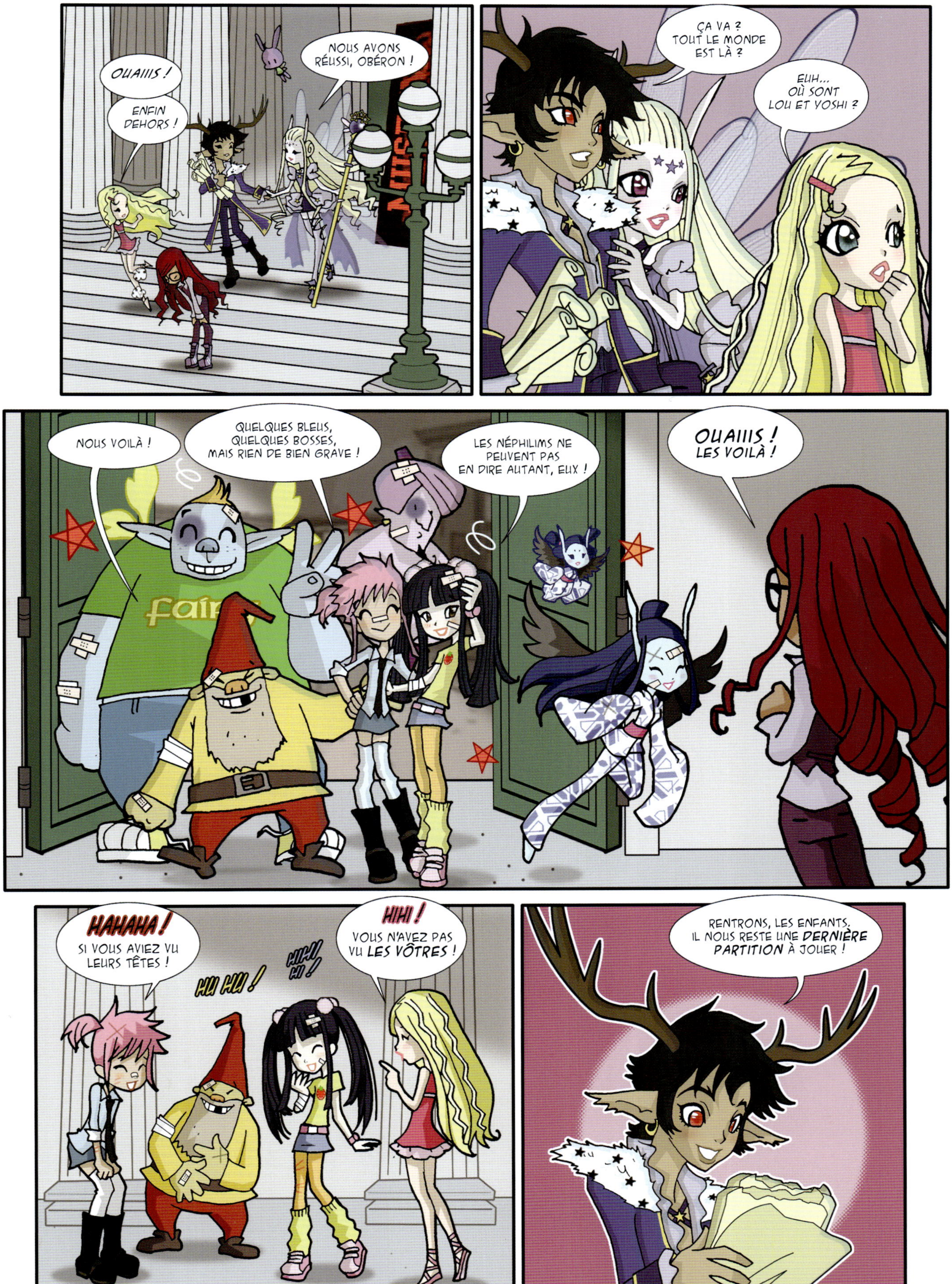
Ouaiiis !
Enfin dehors !
Nous avons réussi, Obéron !
Ça va ? Tout le monde est là ?
Euh... Où sont Lou et Yoshi ?
Nous voilà !
Quelques bleus, quelques bosses, mais rien de bien grave !
Les Néphilims ne peuvent pas en dire autant, eux !
Ouaiiis ! Les voilà !
Hahaha ! Si vous aviez vu leurs têtes !
Hu hu !
Hihi ! Vous n'avez pas vu les vôtres !
Hihi ! Hi !
Rentrons, les enfants. Il nous reste une dernière partition à jouer !

DIRE QUE CES TEXTES SONT MILLÉNAIRES ! C'EST L'ESPRIT DE NOS ANCÊTRES QUI S'EXPRIME À TRAVERS EUX !
ÇA ME FAIT DES FRISSONS PARTOUT !
10 ODES À SIGURDR ! 9 BALLADES SUR TRISTAN ET YSEULT ! LES MÉMOIRES DE MYRDDYN !
ET LES 15 PIÈCES LYRIQUES DES NIBELUNGEN...
C'EST BON, TOUT EST LÀ !
J'ESPÈRE QUE LA MAGIE OPÉRERA ENCORE ET QU'APRÈS TOUTES CES ANNÉES LE CHÊNE ANCESTRAL SE RÉVEILLERA...
GLOUPS ! ET FAFNIR LE DRAGON AUSSI ?
À VOUS DE JOUER, LES FILLES, ON COMPTE TOUS SUR VOUS !
ON VA METTRE LE FEU !!
OUAIIS !
OINE TOU
OINE TOU TRI !
elfées

elfées
BROLOMBOLOM
?
HOULALA ! C'EST QUOI ÇA ??
!!

MAMAAAAN !
?
J'AI PEUUUR !
WAAAAAAAAH

OUILLE !
AÏE !
OUILLE !
ATTENTION AU CACTUS SAUVAGE !
AÏE !
MERCI, J'AVAIS REMARQUÉ !
QUEL DÉSASTRE ! UN SI BEAU CHANTIER !
ON N'A PLUS RIEN À FAIRE ICI...
J'EN CONNAIS UN QUI NE VA PAS ÊTRE CONTENT !
BLOM !
ZI END !!
elfées

ÇA A MARCHÉ !
C'EST INCROYABLE ! LE CHÊNE EST LÀ !
VOUS AVEZ ÉTÉ MAGNIFIQUES !
PFOU !
CHUIS CREVÉE !
MOI AUSSI !
VIVENT LES ELFÉES !
OUAIIIS !!
BRAVO, LES ELFÉES !
GRÂCE À VOUS, LE PEUPLE FÉERIQUE A RETROUVÉ SON JARDIN ENCHANTÉ !
UN HAVRE DE VIE ET DE PAIX !
HEUREUSEMENT QU'ON Y EST ARRIVÉES, ON N'AURAIT PAS TENU BEAUCOUP PLUS LONGTEMPS !
OUI, MAIS ON VA QUAND MÊME FÊTER ÇA !
SMACK !

VOUS N'AVEZ JAMAIS AUSSI BIEN JOUÉ ! BRAVO LES FILLES !
TOUS LES ESPOIRS QUE NOUS AVIONS PLACÉS EN VOUS ONT ÉTÉ CONFORTÉS.
CE SOIR, VOUS AVEZ CHARMÉ NOS ÂMES, ET FAIT VIBRER LE CŒUR DE LA TERRE !
MAINTENANT QUE NOUS AVONS RÉCUPÉRÉ NOS CHANTS ELFIQUES, PLUS QUESTION DE RISQUER DE LES PERDRE !
NOUS CONFIONS À **TAM LIN** LE SOIN DE LES GARDER.
ET **PLACE À LA FÊTE** !

LE LENDEMAIN...
DING DONG !
C'EST POUR MOI !
C'EST LOU QUI VIENT ME CHERCHER.
ON DOIT ALLER AU COMITÉ DE QUARTIER ENSEMBLE.
BONJOUR MONSIEUR !
BONJOUR MADAME !
COMITÉ DE QUARTIER ?
OUI ! C'EST POUR... EUH... LE COURS D'ÉDUCATION CIVIQUE, ON DOIT SE FAMILIARISER... EUH... AVEC LE FONC...
... TIONNEMENT DE LA VIE ASSOCIATIVE !
C'EST BIEN, MA CHÉRIE, NE RENTRE PAS TROP TARD...
ÉDUCATION CIVIQUE... RECHERCHES HISTORIQUES... DITES DONC, VOUS N'ARRÊTEZ PAS !
D'AILLEURS, ÇA S'EST PASSÉ COMMENT, VOTRE EXPOSÉ ?
LES... PRÊTRES NINJAS ONT FAIT UN MALHEUR !
AH ?
BIEN VU, LE COUP DES NINJAS, LOU !
BEN, C'ÉTAIT PAS ÇA, LE SUJET DE L'EXPOSÉ ?
MES AMIS, J'AI UNE **EXCELLENTE NOUVELLE** À VOUS ANNONCER !
Comité de quartier pour le jardin public
OUAIS, VAS-Y, RAOUL !

Comité de quartier pour le jardin public
MES AMIS, AVEC CES DERNIERS DOCUMENTS FOURNIS PAR LA MAIRIE, NOUS AVONS DE QUOI FAIRE STOPPER LE CHANTIER.
BRAVO !
FORMIDABLE !
NOUS AVONS RENDEZ-VOUS AVEC M. HAMELN SUR PLACE À MIDI, ET NOUS POURRONS LE LUI DIRE.
HÉ, VENEZ TOUS VOIR, IL Y A UNE SURPRISE SUR LE CHANTIER !!
COMMENT ÇA, UNE SURPRISE ?
VENEZ, VOUS VERREZ BIEN !
PEUT-ÊTRE MÊME QU'IL Y EN A UNE DEUXIÈME SPÉCIALE POUR M. BROCA !
HEIN ?
MAIS... QU'EST-CE QUI S'EST PASSÉ, ICI ?
FANTASTIQUE !

C'EST... FABULEUX !
C'EST INCROYABLE !!
AH ! LE COMITÉ ! JE VOUS PRÉVIENS, JE NE ME LAISSERAI PAS FAIRE ! TRANSFORMER MON CHANTIER EN JUNGLE VA VOUS COÛTER CHER !
MAIS NOUS N'Y SOMMES POUR RIEN, M. HAMELN !
C'EST ÇA ! ET LES VISITES NOCTURNES, C'ÉTAIENT DES FABLES, AUSSI ?
MES BULLDOZERS VONT ARRIVER, ET TOUT VA RENTRER DANS L'ORDRE !
JE NE CROIS PAS, NON ! CE TERRAIN EST PROTÉGÉ, ET CES TRAVAUX DOIVENT CESSER !
QUOI ?!
OUI, NOUS AVONS LÀ DES DOCUMENTS OFFICIELS QUI LE PROUVENT !
EUH... ET MA SURPRISE ? ELLE EST OÙ ?
ELLE VA ARRIVER...

COMMENT ÇA, PROTÉGÉ ?? QU'EST-CE QUE C'EST QUE CETTE HISTOIRE ?
UNE VIEILLE HISTOIRE DE FOUILLES ARCHÉOLOGIQUES, QUE VOTRE CHANTIER A FAIT RESSURGIR DE L'OUBLI !
MAIS ?? ... ELLE ?...
GRÂCE À VOUS, CE SITE EST ENFIN CLASSÉ PATRIMOINE MUNICIPAL !
GRÂCE... À MOI ??
OUI, GRÂCE À VOUS... ET AUX ELFÉES !
JOCELYNE, VOUS...
JULES ...
ENCORE BRAVO, LES FILLES !

COMME GARBAGE LAND, C'EST FICHU, JE N'AI PAS D'AUTRE CHOIX QUE DE ME SÉPARER DE VOUS !
QUOI, COACH ??
HEIN ?!
EN UN MOT, VOUS ÊTES...
VIRÉS !!!
ROCK
MAINTENANT, IL FAUT QUE JE M'OCCUPE SÉRIEUSEMENT DE CES ELFÉES...

les elfées 2

Le jardin secret

Espace Music

Répertoire | Chercher | Top Artistes | Concerts | Forums

Voir : Photos Vidéos

Puck le Punk
Les Elfées
1:34

Total lectures... 2 340 | Téléchargements... 4 | Lectures... 20

1.Puck le Punk — 133 Lectures
Télécharger | Commentaires | Paroles | Add

2.Fafnir — 75 Lectures
Télécharger | Commentaires | Paroles | Add

Espace Music

Open player in a new window

IZEL : DERNIER BLOG [Souscrire à ce blog !]
[Voir tous les articles]

- Email
- Transférer à un ami
- Ajouter à mes amis
- Ajouter à mes favoris
- Message instantané
- Bloquer l'utilisateur
- Ajouter au groupe
- Classer l'utilisateur

À PROPOS DE IZEL

Batteuse du groupe rock

les elfées

avec
Nina au chant et à la basse
Lou à la guitare et au chant
Yoshi au clavier

COMMENTAIRES DES AMIS D'IZEL

Voir tout | Faire un commentaire

Julie

4 février – 11:18

J'adore votre musique !
Je vous ai vues à la fête
du collège Charles-Perrault,
c'était trop cool !
Bonne continuation !

Svën

2 février – 14:27

Super votre concert !
Xoxo

TOP AMIS

Antoine

Yoshi

Lorien

Bonbon

Violette

Cher journal,

Ça fait longtemps que je n'ai pas pris le temps de t'écrire, mais c'est parce que j'étais très occupée !

Il y a une chose que je dois te dire, je partage un secret avec mes amies Lou, Izel et Yoshi.

Nous sommes des enfants de Féerie.

Nous avons le pouvoir d'invoquer chacune nos lucioles, les miennes ressemblent un peu à ça...

le panda, mon animal préféré

Elles sont ultra-mignonnes, je les adore ! Il paraît que mon peuple c'est les Elfes.

Mais des forces maléfiques se dressent contre nous !

On a déjà eu du mal avec un gros Golem qui m'a assommée, mais Lou m'a sauvée ! (en plus, ça c'était avant qu'on connaisse nos origines !) Heureusement, toutes les quatre, on est les plus fortes ! Et les trolls n'ont pas fait le poids par la suite !

Ahahaha !

lou
Carmilla
LES ELFÉES
LOU
Puck il est mignon quand même !!!
17 h
CONCERT DES
les elfées
à l'occasion de la fête du collège Charles-Perrault
TIGRE PROD
Présente
NINE LIVES
CATS FROM HELL
FELIS !
Espace culturel Debussy
Vendredi 6 aoû
Pour Lou ! Rock ! FELIS
Admission
Espace Culturel Debussy

BLOG | PROFIL

Yoshi

DESCRIPTION
Clavier du groupe
les Elfées

INFOS
Création: 12/01 à 20:43
Mise à jour: 22/07 à 12:20
26 articles
1630 commentaires
136 amis

LIENS
Rainbow Remix
Izel
Moomin Valley
Régis Moulinet
Le blog de Serge Carrère
DivaMania
ElectroBlog
Le blog de Weissengel

Écrire un message
Envoyer un message vocal
Ajouter à mes amis
Bloquer
Ajouter dans mes préférés
Fais tourner ce blog

AVIS DE LECTURE

Après avoir fini (et adoré) les *Harry Potter*, c'est ma copine Izel qui m'a poussée vers ce livre
(elle-même conseillée par son grand-frère Antoine).
Bon, j'avais déjà vu *Le Seigneur des anneaux* au ciné, mais là, ça se passe avant, et on suit les aventures de Bilbo, l'oncle de Frodon, quand il était jeune...
On découvre comment il a eu l'anneau, mais chut !...
Je vous laisse découvrir par vous-même !

Lisez-le, c'est génial ! (-^,^-)

Posté le jeudi 26 juin à 19:37

FÊTE DE LA MUSIQUE !

Samedi dernier, avec les copines, on a eu l'occasion de jouer pour la Fête de la Musique.
Le premier concert de rue pour les Elfées !... \(^,^)/

On n'était pas plus rassurées que pour la fête du collège, mais ça s'est bien passé quand même...

Photo sur le vif... LOL !

[Ajouter un commentaire] [52 commentaires]

Posté le lundi 23 juin à 14:43

tristan & yseut

Couple légendaire évoqué dans la tradition celtique, ils apparaissent sous les noms de Derdriu et Noisiu dans une ballade irlandaise ou de Diarmaid et Grainne dans un conte gallois. C'est la littérature médiévale du XIIe siècle qui popularise la légende à travers des textes d'origines diverses (anglaises, allemandes ou françaises).

Tristan, après la mort de son père, est élevé par son oncle Marc, roi de Cornouailles. Il prouve sa vaillance lors d'un voyage en Irlande, où il défie avec succès le géant Morholt. Mais il est blessé au cours du combat. Seule la fille du roi d'Irlande, Yseut, peut le sauver, ce qu'elle fait en lui prodiguant les soins nécessaires. Rétabli, Tristan retourne auprès de son oncle. Là, les barons de Marc, craignant que ce dernier ne fasse de Tristan son successeur, pressent le roi de se marier pour donner un héritier au royaume. Le roi de Cornouailles acquiesce, mais son désir est d'épouser celle à qui appartient un cheveu blond qu'une hirondelle a déposé au matin devant sa fenêtre. Tristan, reconnaissant un des cheveux d'Yseut, décide de se rendre en Irlande une seconde fois pour transmettre la volonté de son oncle. Après une nouvelle épreuve et une nouvelle convalescence en Irlande, Tristan reprend la mer, ramenant vers les Cornouailles Yseut, la future épouse du roi Marc. Sur le bateau se trouve aussi un philtre d'amour, conçu par la reine d'Irlande à l'attention des futurs mariés… mais le destin veut que ce soit Tristan et Yseut qui, par mégarde, boivent la potion. La passion amoureuse, irrésistible, fond sur les deux amants qui doivent fuir et vivre plusieurs années loin du monde. Ils finissent par se séparer lorsque le roi Marc les retrouve et décide de les épargner, mais leur éloignement se mue en souffrance. Tristan se marie et mène une vie de guerrier, jusqu'au jour où il est gravement blessé. Un fois de plus, seule Yseut peut le guérir. Tristan appelle son ancienne amante à l'aide en convenant que des voiles blanches sur son bateau marqueront son accord. C'est bien un navire aux voiles couleur de neige qui prend la mer, mais lorsque l'épouse de Tristan l'aperçoit, la jalousie lui fait annoncer à son mari que la voilure est noire. Désespéré, Tristan se laisse mourir… Découvrant le corps de son amant, Yseut périra à son tour de chagrin. Le roi Marc les inhumera l'un à côté de l'autre. Tristan et Yseut symbolisent la force des sentiments, la passion dévastatrice, un thème éternel incarné par bien des couples tragiques de fiction (Roméo et Juliette, Orphée et Eurydice…).

fafnir

Au début, dans la mythologie nordique d'où il tire ses origines, Fafnir n'était pas un dragon, c'était un homme. Un humain peu recommandable puisqu'il alla jusqu'à tuer Hreimdar, son père, dans le but de s'approprier le trésor que son géniteur était parvenu à soutirer aux dieux scandinaves Odin, Loki et Hoenir. C'est afin de protéger ces richesses bien mal acquises que Fafnir se transforma en dragon. Mais ce que le dorénavant reptile n'avait pas prévu, c'était le désir de revanche de son frère Reginn. Reginn qui avait dû fuir après le meurtre paternel. Devenu forgeron, il prit en apprentissage Sigurdr, un jeune homme qu'il destina à combattre son dragon de frère. Pour ce faire, Reginn forgea deux épées. Malheureusement, elles se brisèrent l'une et l'autre lorsque Sigurdr les essaya. Face à une telle déconvenue, la mère de Sigurdr confia alors à son fils les fragments de l'épée Gramr, une arme brisée, cadeau du dieu Odin pour feu Sigmundr, père de Sigurdr. Reginn le forgeron put ainsi fabriquer, à partir des morceaux, une nouvelle lame au tranchant redoutable. Et Sigurdr s'en alla terrasser Fafnir. Conseillé par Reginn, Sigurdr creusa un trou sur le chemin du dragon et s'y dissimula. Il patienta jusqu'à ce que le reptile passe au-dessus de la fosse pour le frapper mortellement. Telle fut la fin de Fafnir.

Aussi présent dans la mythologie germanique, cousine des légendes nordiques, Fafnir y devient Fafner et Sigurdr, Siegfried. Des personnages que Richard Wagner (compositeur allemand du XIXe siècle) met en scène dans son célèbre opéra *L'Anneau des Nibelungen*.